SUTOPPU!

**Koko wa kono manga no owari dayo.
Hantaigawa kara yomihajimete ne!
Dewa omatase shimashita!
Tanoshii hitotoki wo dozo!**

EMA-Manga Chiimu

STOPP!

**Das ist der Schluss des Mangas.
Fangt bitte am anderen Ende an!
Und nun genug der Vorrede,
viel Spaß beim Lesen!**

Euer EMA-Manga-Team

„Brother x Brother" von Hirotaka Kisaragi
Aus dem Japanischen von Ai Aoki
Originaltitel: „Brother x Brother" Vol. 1

Originalausgabe:

First published in Japan in 2005 by KADOKAWA SHOTEN Publishing Co., Ltd., Tokyo.
German translation rights arranged with KADOKAWA SHOTEN Publishing Co., Ltd., Tokyo through TOHAN CORPORATION, Tokyo.

Deutschsprachige Ausgabe:

verlegt durch EGMONT Verlagsgesellschaften mbH, Gertrudenstraße 30-36, 50667 Köln

1. Auflage
Verantwortliche Redakteurin: Yvonne Hoffmann
Redaktion: Marcel Le Comte
Lettering: MOX
Covergestaltung: Wolfgang Schütte
Koordination: Nadin Kreisel
Buchherstellung: Sarah Fritsche
Druck und Verarbeitung: CPI - Clausen & Bosse, Leck
ISBN 978-3-7704-6870-6

Manga x Manga:
www.manganet.de

Hallo! Freut mich, euch kennen zu lernen, ich bin Hirotaka Kisaragi. Vielen Dank, dass ihr „Brother x Brother" in die Hand genommen habt! Wie schon auf dem Umschlag erwähnt, besteht die Story diesmal fast nur aus Szenen, die nach meinem Geschmack sind, d. h., die Charas schwanken zwischen Liebe und Bruderliebe. Wie Soichiro reift, soll den Mittelpunkt der weiteren Geschichte bilden, allerdings habe ich das Gefühl, nachdem ich das 1. Kapitel wieder gelesen habe, dass er von Mal zu Mal kindischer wurde... Es ist also noch offen, wie sich die Story weiterentwickelt, aber ich würde mich freuen, wenn ihr sie bis zum Ende lest!
Ich hoffe, wir sehen uns im nächsten Band wieder...

Zum Schluss besten Dank an meinen Redakteur I-sama, K-chan und alle anderen, die mich unterstützt haben!

Hirotaka Kisaragi

nachwort × ende

Hä...?
Wir alle drei sind seine Söhne...
... aber jetzt gerade fehlt einer.
Los! Wir müssen ihn zurückholen!
Ihn, Kaname-san!
area 5 × ende

Ich weiß nicht, was ihr jetzt davon haltet, aber...
... eines Tages...
... werden wir bestimmt eine Familie...
Ah...
... Du bist tatsächlich sein Sohn.

Tu...
... nicht so, als wäre nichts!
Masato...
... Masato, bitte hör mir zu.

Auch wenn wir es nicht wollen, wir müssen einen Monat in diesem Haus wohnen!
Und noch etwas!
Egal, was ihr davon haltet...
... wir sind Brüder!
Das hier ist kein Spiel und...
... wir dürfen nicht mittendrin aufhören!

So ein Unsinn, hab ich gesagt!
Natürlich hast du recht!
Ich weiß gar nichts!
Es gibt aber trotzdem etwas, das ich weiß!!

Ngh...!
Wir beenden unser Spielchen.
Kaname ist bereits ausgestiegen.
Tu also, was du willst.
So ein Unsinn...!

... Kaname und ich...
... wir haben ihn auch nie für unseren Vater gehalten.
Was soll das heißen?!
Du wirst es nie verstehen, niemals...
... denn du kannst alles haben, nur weil sein Blut in deinen Adern fließt.

Ich habe alles von Katsuragi-san gehört.
Kaname-san ist das Kind von Sakurako Nioka. Mein Vater hat ihn später adoptiert.
Du bist das Kind aus der ersten Ehe deiner Mutter, später hat sie meinen Vater geheiratet.
Ach...
... Und trotzdem willst du dieses verdammte „Brüder-Spielchen“ weitermachen?
Du bist tatsächlich sein einziger echter Sohn...
... Für uns ist er nur unser Stiefvater.
Aller-dings...

Das...
... weiß ich schon.

Keiner von uns...
... ist mit dem anderen blutsver-wandt!
Das bist du nicht.

Du brauchst nichts davon zu wissen.
Warum?!
Wieso haltet ihr mich immer aus allem raus?!
Ich bin immerhin euer Bruder!!

Masato-san? Was machst du da? Wo ist...
... Kaname-san?
Hä?!
Er ist weg.
Ich fürchte...
... er kommt nicht mehr zurück.
Wie-Wieso...?!
...
Das geht nur mich und Kaname was an.

Wieso ist das Licht aus?
... Ups!
Ich bin da-ha!
Hä...?

Finde dich endlich...
... mit der Realität ab...!

Glaubst du, du könntest allein leben?!
Du musst hierbleiben!
Ich lasse dich nicht gehen!
Du gehörst mir!!
... Du willst mich doch gar nicht!
Der Mensch, den du wirk-lich liebst, ist schon tot!!

Sag nicht...
... du tust das für Soichiro...!
Ihm soll dieses Haus gehören.
Mach keine Witze!
Ich werde ihm nichts geben! Weder dich noch das Haus!
Sieh der Realität ins Auge, Masato!

Ich gehe.
Was...?
Du weißt, das Haus gehört uns beiden nicht...
... deshalb sollten wir auch darauf verzichten.
Eines Tages muss ich eh hier weg, also geh ich lieber jetzt.
Red keinen Blödsinn!
Wieso plötzlich...?!
はっ

Kaname...!
Geht's dir gut...?
Was ist los?

... Mist!
Das stimmt wieder nicht...!
Was..
... macht mich so nervös...?!

... Du solltest langsam...
... dieses Haus verlassen, findest du nicht?
Ich...
... falle jedem zur Last.
Ich...
... darf nicht mehr fliehen...!
...カチ

Ah...
... Ngh...!
Hör zu...

Kaname...
... Du solltest besser sterben.
...!!

Wieso
bist du nur
geboren
worden?!
Ich hatte doch
nur ihn, aber er hat
dich mehr geliebt
als mich...!
... Nein!!
Dieser
Mann...
... hat mich
niemals lieb
gehabt...!!
Kaname-
san?
Soi...?!

Wieder...
... derselbe Traum...!
Kaname...!

Er macht ein eindrucksvolles Gesicht...
... Dabei ist das sein erster Film... Sehr gut.
Sehr interessant...

Ihr seid bluts-verwandt – das war's auch schon, oder?
Was bedeutet mein Vater mir?
Bin ich sein Sohn, obwohl ich nichts über ihn weiß?
Bitte antworte mir...!
Ich will alles wissen... Alles...!

Äh...
Ich frage dich...
... Hast du noch nie an deinem Vater gezweifelt?
Mein Vater ist zwar früh gestorben, aber...
... wie kannst du deinem Vater so blind vertrauen?
Was dachte mein Vater sich...
... als er die Regel für das Erbe aufstellte?
Halt durch!
Sag mir bitte...
... was dein Vater dir bedeutet.

Jetzt, die Szene der Kommilitonen!
Die Probe beginnt!
18.
Ah...
...ja!
Dort, wo die beiden sind, ist auch mein Vater, den ich nicht gekannt habe.
Yu, alle sagen...
... dass dein Vater Angst vor Krieg hat.
Selbst...
... wenn es stimmt, werde ich ihn niemals verachten.

Was würde dein treuer Sohn zu deinem merkwürdigen Verhalten sagen?
Ich bin sicher, dass er mich verstehen wird.
Er ist mein Sohn.
„Mein Sohn...“
... Da sind Masato-san und Kaname-san mir mehrere Schritte voraus.

Also dann, Take one!
Action!
Als ein Mann sollte dir das Land wichtiger sein als dein eigenes Leben, doch...
... du hast den Dienst um der Frauen willen quittiert, Schamloser!
Früher nannte man dich den Furchtlosen.
Sag mir...
... Wenn du unser Land liebst, wovon lebt es?
Von menschlichem Leben, oder?

BROTHER×BROTHER

area 5

Ich darf ihnen in nichts mehr nachstehen.
Nichts geht voran, so, wie es jetzt ist.
Ich will kein Außenstehender mehr sein...!
Ich will mehr wissen...
... noch mehr!
area 4 × ende

Masato-san, der dieselbe Gabe hat wie mein Vater.
Kaname-san, der meinem Vater ähnlich ist.
Und dann ich...!
Acht Jahre lang lebte ich, ohne etwas von ihm zu hören.
Die beiden stehen meinem Vater viel näher als ich...
Ich muss die beiden einholen...!

In diesem Haus, in dem dein Vater zusammen mit Masato-kun und Kaname-kun gelebt hat...
... wie wirst du dort leben?
Das Haus ist das Einzige, was mein Vater hinterlassen hat.
Masato-san, Kaname-san und ich, jeder von uns hat dort schon mal gelebt...
... und jedes Mal stand mein Vater im Mittelpunkt.
Deshalb...
... soll das Haus jenem gehören, der meinem Vater am nächsten stand.

...
Hm...
Das ist alles, was ich dir erzählen kann.
Jetzt liegt es an dir.

... Die Geschichte über Sakurako Niokas uneheliches Kind...
... Willst du mehr darüber hören?
... Ich kenne die Geschichte schon.
Nein danke...
Vielen Dank.
Entschuldigen Sie mich.

Hey!
Hä?
Ist Sonooka-kun da?
Hallihallo!
Oh...!
So, fertig!
Hä? Jetzt schon die Haare geschnitten?
Ja.
Mann, du bist ja bei der Sache!
Ach ja...

Sag mal...
... soll ich das wirklich?
Ja...
... schneide sie mir ab!
チョキ
Für die Dreh-arbeiten musst du die Haare kurz haben...
... aber gestern wolltest du das noch nicht, oder?
Wieso hast du es dir anders überlegt?
Ich...
... möchte mich bereit machen.

Aah...!

Keine Sorge...
... gleich ist dir alles egal.
Ah...!
Hah...!
Ungh...!
Ah...!

Uh... Ngh!
Hah...
Uh...
... Nh...!
Nh!
Da drüben, was?
Bist du davon abgelenkt?

Masa...!
Heute...
... werde ich keine Rücksicht auf dich nehmen.
Nh...!
Ah...!

Soi...!
バタン

Masato...!

„Es ist alles in Ordnung!“
... Schon gut.
Kein Problem...
... schon gut.
Ich gehe schlafen.
Egal was, komm nicht hoch!

...
Soichiro...!
Ich habe gebadet. Ich dachte, ihr würdet erst später kommen.
Ach ja...
... Kaname-san!
SCHRECK
Sorry!
Du wolltest nicht, dass ich in die Küche gehe, aber ich hatte Hunger und habe sie benutzt.
Hä...?
Ah, ja...

Ah!
Willkommen daheim!
Ihr seid früher gekommen, als ich dachte!

Soichiro hat dich ahnungslos darauf angesprochen, richtig?
Ich weiß schon, was passiert ist.
Dann lass uns woanders-hin...!
Willst du es nicht zu Hause machen, weil Soichiro da ist?
Nh...!
Steig sofort aus!
Du hältst es doch auch nicht länger aus, nicht wahr?
Oder willst du es lieber hier machen?

... ich gebe auch nicht auf.
Masato...
... Ich...!

... Kaname gehört mir...
Solltest du ihn je wieder verunsichern, bist du dran.
... Das wird er immer tun.
Ich werde Kaname beschützen.
Aber...

Masato..
... Hör endlich auf, Kaname-kun als Ersatz zu sehen!
Willst du ihn ewig so an dich ketten?
Tut mir leid, aber...

Ich glaube nicht, dass du dir nur dafür die Mühe gemacht hast.
Vertraust du mir nicht?
Sogar unsere Abschluss-arbeit war Teamwork.
Ich vertraue auf deine Fähigkeiten...
... aber nicht auf deinen Charakter.
alt dich...
... von Kaname fern, zum letzten Mal!
...
Wie immer bist du über-fürsorglich ihm gegenüber.
Das geht dich nichts an.
Gehen wir, Kaname!
Ah...!

ほっ
ザッ
ザッ
Masato...!
Ogi...
... Wieso
bist du hier?
Sieh mich
nicht so böse
an, Masato.
Dein Ex-Kommilitone
wollte sich nur mal
mit deinem Bruder
unterhalten, ist das so
schlimm?

... längst verstorbenen...
... Kaoru Shirakawa...

Keine Sorge.
カタン
Ich habe ihm nichts erzählt...
... Nichts von dem, was du ihm verheimlichen willst.
Aber später könnte es doch noch ans Licht kommen.
Für jemanden in seinem Alter ist dein Verhältnis zu Masato auch nicht gerade förderlich.
Deshalb solltest du langsam...
... dieses Haus verlassen, findest du nicht?
Ihr seid ihn immer noch nicht los...
... diesen...

Ngh...!
Soichiro-kun ist Kaoru Shirakawas Sohn, richtig?
Er...
... weiß noch gar nichts, stimmt's?
Ngh...!
Wenn Sie Soichiro was sagen...!!

Endlich darf ich diesen Film selbst drehen.
Vor elf Jahren...
... als ich ihn erstmals sah, bekam ich einen Schock, den ich nie vergessen werde.
Nach der Affäre tanzte ihr halb nackter Körper sinnlich und lautlos im Mondlicht.
Sie sah so edel aus, fast zum Fürchten...
... Selbst wenn sie durch viele Männerhände befleckt war...
Hör auf!!

Wie du weißt, ist das das Meisterwerk von Kaoru Shirakawa und Sakurako Nioka.
Ja...
... Für „Die Leidenschaft in Licht und Schatten“.
„Kaname-san, ist deine Mutter...“
„... Sakurako Nioka-san?“
...
Ah...!

... Ich fand beim Casting für meinen Film einen interessanten Jungen.
Sein Name ist „Soichiro Sonooka“.
Ich war überrascht, a ich seine Adres sah. Ihr wohn zusammen, ja
Dass Masato das erlaubt hat...!
Mich hätte er rausgeschmissen, schon beim ersten Schritt über eure Türschwelle.
Das Casting, zu dem Soichiro ging...
... war das für...?!

Kaname-
kun...?
Alles okay.
Räumen
Sie bitte
hinten auf?
ーカラン
Ach ja,
noch was...

Du musst nicht gut spielen können.
Du musst nur dastehen.
Das ist doch sinnlos.
Hast du immer noch...
... Angst davor, dort zu sein, wo deine Mutter einst war?
Na...
... Setz dich hin.

Lange nicht gesehen!
Wie geht's dir?
Was wollen Sie von mir?
Du magst mich nicht, was?
Du weißt schon, wieso ich hier bin.
Egal, wie oft Sie mich danach fragen...
... ich habe nicht vor, im Film aufzutreten.

BROTHER×BROTHER
area 4

Hi!
Verzeihen Sie bitte...
... die Wartezeit.
...
Regisseur Ogi...!
area 3 × ende

So oder so kann es...
... so nicht mehr weitergehen.
Kaname-kun?
Ah, da bist du.
Du siehst nicht gut aus... Alles okay?
Entschuldigung, Chef...!
Mach dir nichts draus, wir kennen uns schon lange.
Übrigens, da wartet ein Gast, der dich sprechen will.
Wer...?

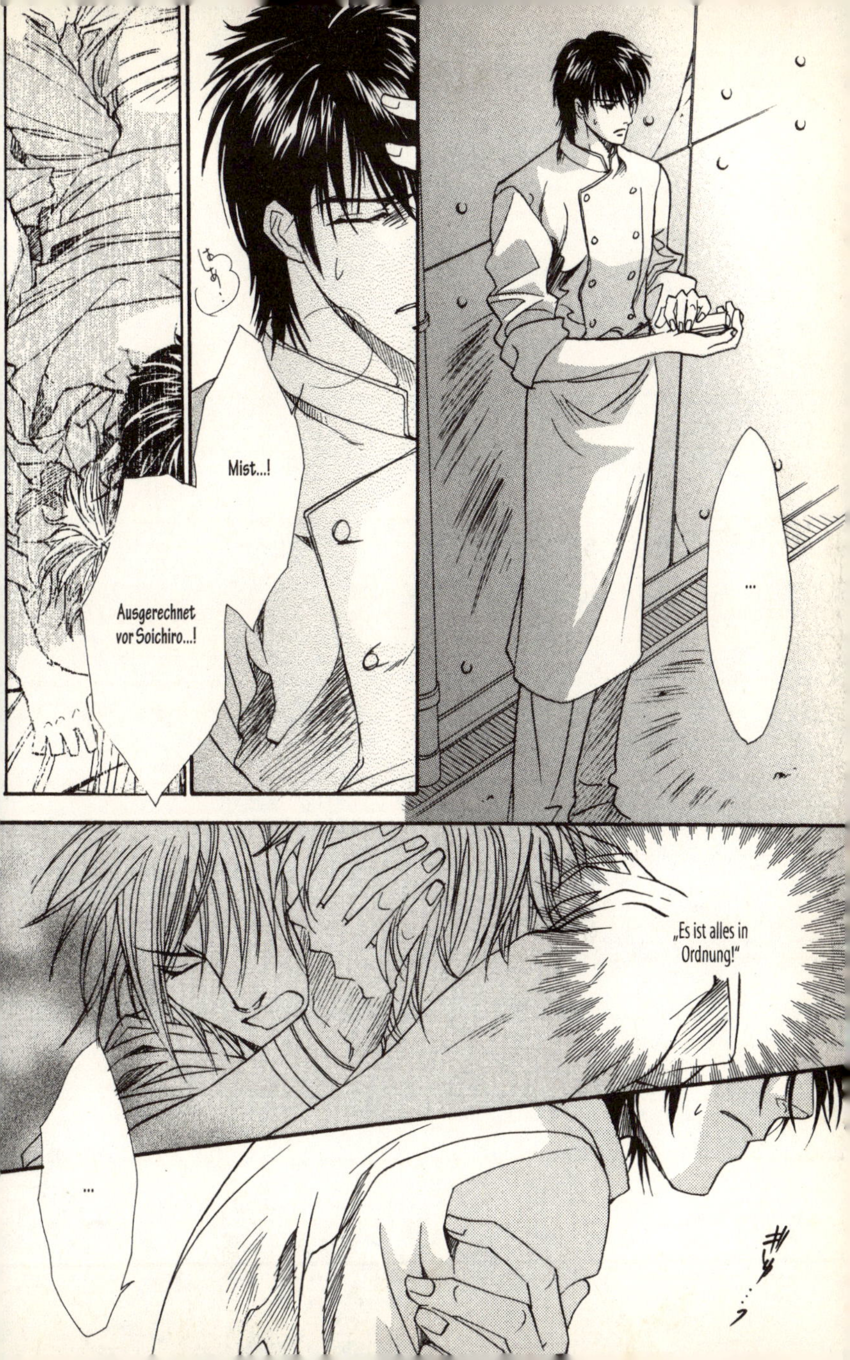
...
Mist...!
Ausgerechnet vor Soichiro...!
„Es ist alles in Ordnung!“
...

...
Ich bin gleich da.
Nie läuft es...
... wie man will.

Ngh...!
Also doch!
Ich hätte ihn auf der Stelle raus-werfen sollen!
Masato...!
Soichiro ist sein **Sohn**!

Geht's dir gut?
Wo bist du gerade?
Auf der Arbeit.
Ich habe bis Ladenschluss durchgehalten, aber...!
Hattest du es schon wieder...?
Okay, ich bin gerade aus der Firma raus.
In zehn Minuten bin ich bei dir.
Bis dahin hältst du noch durch, oder?
Ja...
Hat...
... Soichiro irgendwas zu dir gesagt?

DAITO
DIT
Kaname?
Was ist los?
Du rufst mich doch sonst nie an.
Kommst du...
... mich abholen?

Also gut...
Und jetzt verwirrt mich das sehr.
... Womit soll ich anfangen?

Also...
... Du willst mich etwas fragen, stimmt's?
Bitte erzählen Sie mir...
... von den beiden!
Ein Monat ist das Limit.
Aber ich weiß zu wenig über meine Brüder.

Ngh...!
IST VÖLLIG UND ABSOLUT SPRACH-LOS!
Hallo! Willkommen! ♥
Wie viel Zucker möchtest du?
コト
Bitte schön.
Verzeihen Sie mir, Sie haben jetzt eigentlich frei.
Danke für den Kaffee.
Schon gut, schon gut. Hast du dich ein bisschen beruhigt?
Ja...
... Alleine werde ich aus der Sache nicht mehr schlau.

Ein...
... Klient möchte Sie sprechen.
Hm?
Ach ja, assen Sie hn einfach rein.
Tja, er hat es nur einen Tag ausgehalten.
Wie bitte?
Hff...
Ach, nichts...
Machen Sie uns bitte zwei Kaffee, ja?

Bitte...
Was...
... war das denn ...?!
KATSURAGI
RECHTSANWALTSBÜRO

Ich dachte...
... du wärst... jemand anderes...
Ich... gehe...
.. zur... Arbeit.
Entschuldige...
... Bitte vergiss alles.

Soi...
... Soichiro...?
Kaname-san...
... Alles klar?
Ah...
... Ich...!

Was...
Was...?!
Nh...
KRSCH
Uaaah!!
D-Das geht nicht!!
Kaname-san!

Sein Blick...!
Derselbe wie in jenem Moment...?!
Wa...?!

... wie ein Kind...
Ja...?
Ja...

Ich tue dir nichts!
Es ist alles in Ordnung!
Sag ihr nichts...!
Ich sage ihr nichts!
Niemandem!
Er ist...
Beruhige dich...!

... sag ihr nichts...!
Kaname-san...?!
Nein...!
Warte!
Beruhige dich!

Kaname-san! Beruhige dich!
Was ist denn los mit dir?!
Nein...
... Nein!
Hä?!
Bitte sag ihr nichts!
Bitte sag meiner Mutter nichts...!!
Ich tue alles...
... Ich bin brav...
... Darum bitte...

... Sakurako Nioka-san?
...
Ah...
Ah...!
Aaah...!
Hä...?
Was...?!
Kaname-san?!

Kaname-
sa...?
UAH
...!!
Das ist...
gefährlich!
D-Du hast
schlecht
geträumt!
Ich dachte,
ich wecke dich
lieber!
...
Schlecht
geträumt...?
Ja, du hast
mehrmals
„Mutter"
gesagt...
Ist deine Mutter
vielleicht...

Verzeih mir...
... Mutter...!
Ka... Kaname-san?!
Ist seine Mutter vielleicht...?!
Alles okay?
Wach auf...!
Er weint...?

... Obwohl sie Brüder sind, haben sie ein Verhältnis. Was empfinden sie dabei?
Ob sie sich schlecht fühlen...?
... Oder...
... ist ihnen das alles egal, wenn sie sich wirklich gern haben?
Ah...
... Mutter...!
はっ

Hm...
Pssst!
Nh...
... ich sehe ihn zum ersten Mal schlafen.
Ah...!
Aber...

Hä?!
Ka... Kaname-san?
Wieso schläft er denn hier?!

Nein, das ist falsch!!!
Ich bin zwar durcheinander, aber er hat absolut Unrecht!!!
RRRT
Hm...?
Miau
Die Katze von Kaname-san...
...Ist Kaname-san nicht zu Hause?
Hast du Hunger?
Hm?
ニャー

... in Wirklichkeit weiß ich kaum etwas über meinen Vater.
Ich sehe ihm nicht so ähnlich wie Kaname-san. Ich habe nicht sein Talent geerbt wie Masato-san.
Mein Nachname ist auch ein anderer, weil meine Mutter mich mitgenommen hat.
Ich war von Anfang an ein Außenstehender.
Ob ich...
... überhaupt sagen darf, ich sei Vaters Kind?
„Du willst zur Familie Shirakawa gehören, richtig?“
„Wieso willst du dann nicht mir gehören, so wie Kaname?“

... haben sie in diesem Haus gelebt...?
Als ich mit meiner Mutter dieses Haus verließ, war ich zehn, und davor lebten nur wir hier.
Ich habe also mehr Zeit mit meinem Vater verbracht als die beiden.
Deshalb war ich mir so sicher, ich würde das Haus erben und nicht sie, die so plötzlich aufgetaucht sind.
Aber...

Aaah! Verdammt!
Alles auf einmal! Ich werd noch verrückt!
„Sakurako Nioka hatte ein uneheliches Kind und..."
„... es soll von Kaoru Shirakawa sein."
„Du weißt schließlich nichts..."
„... Nichts davon, wie Kaname und ich und unser Vater in diesem Haus gelebt haben."
Wie...

BROTHER×BROTHER
area 3

Niemals!!
...
Hm...
area 2 × ende

... Nicht für mich und Kaname.
Du weißt schließlich nichts...
... Nichts davon, wie Kaname und ich und unser Vater in diesem Haus gelebt haben.
Du willst zur Familie Shirakawa gehören, richtig?
Wieso willst du dann nicht mir gehören, so wie Kaname?
Soichiro?

Du hast uns gestern Abend zugeschaut, richtig?
Fandest du ihn dabei auch erregend?
Nein!
Ihr seid doch Brüder! Wieso tut ihr so was Widerliches?!
Glaubst du, es hätte mir Spaß gemacht, euch so zu sehen?!
Es ist nicht widerlich...

Was... ist das?
Deine...
... Lunchbox, von Kaname gemacht. Er sagte, ich solle sie dir vorbeibringen.
Es gibt keine Kantine hier in der Nähe.
Ich bin an Kanames Essen gewöhnt und will sowieso nicht woanders essen.
Was soll das...?
Wieso tut er so altklug...?
Du...
... behandelst ihn wie eine Haushälterin...
Aha...
... Du bist ziemlich verknallt in ihn, was?

Ah...
... ent-
schuldige
mich kurz.
Hey...
... Hast du hier
alle schon kennen
gelernt?
Du...
... bist also
Artdirektor...!
Na ja...
... Ich hab dir
ja gesagt, du
würdest es noch
erfahren.
Hier!

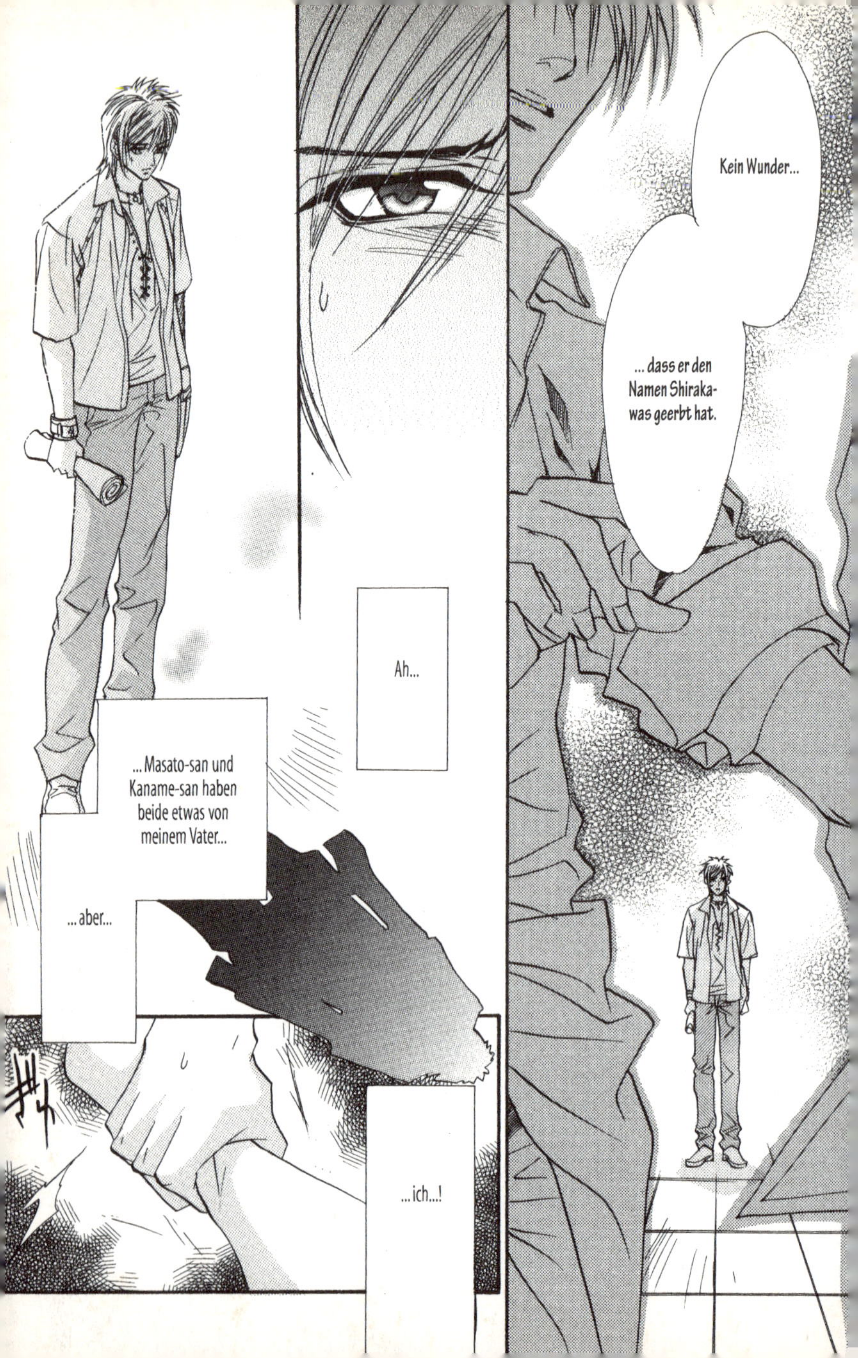
Kein Wunder...
... dass er den Namen Shirakawas geerbt hat.
Ah...
... Masato-san und Kaname-san haben beide etwas von meinem Vater...
... aber...
... ich...!

Sieh mal...
... da ist er.
Ach ja, er gewann diesen Wettbewerb und wurde zum Artdirektor ernannt. Das ist in aller Munde...
Äh, er heißt...
... Masato Shirakawa, richtig?

Dieses Flair hier...
das kenne ich
irgendwoher.
Stimmt...
...Ich kenne es aus
dem Video...!
Aber...
wer baut das
hier alles?!

Eigentlich hat hier nur Studiopersonal Zutritt...
... Egal, ein Blick schadet nicht, oder?
Ich bin backstage...!
Ah...!

... das Gerücht um Sakurako Niokas und Vaters gemeinsames Kind stimmt...
... kann es nur Kaname-san oder Masato-san sein...
... oder vielleicht sind beide ihre Kinder...?
Dass Sakurako Nioka so was gemacht hat...!
Ich mochte sie doch so gerne...!
!
Hey...
... ist das nicht klasse?
Ja, das Glanzstück der Ausstattung.
...?

Hör mal...
... wieso hast du ihm das erzählt?
Produzent Goto, du hast...
... ein sehr interessantes Talent gefunden.
Vielleicht...
... wird es noch richtig spannend.
... Das ist der Text.
うき うき
Ich melde mich.
Das wird schon...!
Ja...
Wenn...

...
So was...!
Hey, Ogi!
Hör auf zu plaudern!
Die Anprobe kommt so nicht voran.
Ja, ja.
Genau! Verlassen Sie bitte den Raum.
Mach's gut, Sonooka-kun...
... Bis bald.

... gab es auch das Gerücht, die beiden wären zusammen.
Sakurako Nioka hatte ein unehe-liches Kind und es soll von Kaoru Shirakawa sein.
Hä...?!
Ach... wusstest du das nicht?
Ich dachte, du wüsstest das alles.

Die Szene, in der die Hure im Mondlicht tanzt, ist der Höhepunkt des Films, und es war damals eine Sensation...
... Damit gelang Kaoru Shirakawa der Durchbruch.
Und weißt du was?
Sakurako Nioka, die verstorbene Hauptdarstellerin, war entfernt mit ihm verwandt.
Darum konnte man sie damals für diesen Film gewinnen, obwohl sie die gefragteste Schauspielerin war.
Allerdings...
So gut erinnere ich m nicht mehr a diesen Film
Ich lüge. Ich hab das Video ständig gesehen...
„Die Leidenschaft in Licht und Schatten“ ist das einzige Werk meines Vaters, das meine Mutter behalten hat.
Ach...
... so?

Dir gefällt die frühere Verfilmung des Werks, hast du beim Casting erzählt, richtig?
Das Drehbuch war hervorragend, aber besonders fiel der künstlerische Ansatz auf.
Ob ein Film gute oder schlechte Kunst ist, bestimmt seine Qualität.
Aha...
...
Was ist los mit ihm?
Was hast du damals empfunden?
Der Schöpfer ist zwar vor Kurzem verstorben, aber...
... Was hast du bei der Kunst des Ausnahme-Artdirektors Shirakawa empfunden?

Ich darf bei diesem Film mitspielen...!!
Ab zur Anprobe.
Ich hole den Regisseur hierher.
Guten Morgen!
Morgen!
Das hier zuerst.
Nicht nötig, bin schon da.
Also...
... du bist Sonooka-kun, richtig?
J-Ja! Freut mich!
Ich bin Soichi Sonooka!
Sag mal, ist das dein Künstlername?
Ah, nicht bewegen, nicht bewegen!
Richtig schlank!
Hä?
Nein, so heiße ich wirklich.
Hm...
... Dein richtiger Name also?

... Hä?!
Bekomme wirklich ich diese Rolle?!
Ja...
... Überrascht?
Der Regisseur sagte mir gestern auf einer Besprechung, er hätte dich gerne für den Film.
Mittlerweile sind erfrischende Neulinge wie du selten.
Regisseur Ogi ist zwar jung, aber berühmt. Seine Intuition ist unfehlbar.
Großartig...!

Ngh...!
Hör auf!
Was haben die beiden tatsächlich...
...für eine Beziehung...?
Nicht wahr, Kaname?
Uh...!
Schlechte Stimmung...

... Du fährst zum Koizumi-Studio von Daito-Film, was?
Wa...?!
Da ist er!
Woher weißt du das?!
Hm...?
Kaname, Essen!
Tja, ich arbeite dort.
Du arbeitest da? Als was?
Die Arbeitskleidung...
Bist du Fahrer?
...
Das wirst du noch sehen.

Ah...
Aber...
...Wenn Kaname-san lächelt, sieht er meinem Vater wirklich ähnlich...
...der Unterschied zwischen Kaname-san jetzt und dem von gestern ist groß...
AH!
SELBSTHASS
Hör...
...Hör auf damit! Wieso erinnere ich mich jetzt daran?!
Alles okay?
Gefährlich! Gefährlich!
Ach...

Vielleicht...
... ist Kaname-san eigentlich ein ganz netter Mensch...?
Ah, so ist es nicht!
わたわたっ
Ich wurde zwar nicht angenommen, aber...
... danach konnte ich verhandeln und ich darf für eine andere Rolle vorsprechen!
Heute fahre ich deshalb ins Studio in Koizumi!
Ach so...
... Schön für dich.

Ich habe euch beim Rummachen zugeguckt...
... Aber das kann ich ihm nicht sagen!!
Ah, ähm...
... Na ja, der Bauch Ja, ich hatte Bauschmerzen!!
Ach so...
... Ich bin nicht gut in so was, aber du...
... darfst dich nicht überan-strengen.
Hä...?
Kaname-san, glaubst du etwa...
... ich hätte mich aus Verzweiflung versteckt, weil ich gestern beim Casting versagt habe?
Hm?
...
Ist es nicht so?

ÜBER GLÜCKLICH
GEMÄSTET
もぐもぐもぐ
Ich bin ein Dummkopf...!!
Aber lecker...!
Was war gestern Abend los mit dir?
Mmh?
Du hast dich in deinem Zimmer verkrochen, statt unten zu sein.

Damit ich dieses Haus behalten kann, muss ich noch einen Monat durchhalten und die beiden am Ende fortjagen.
Was auch immer passiert, ich darf das Haus nicht verlassen.
Aber...
...ehrlich gesagt, ich will hier raus...
Wie soll ich jetzt Kaname-san begegnen?
Ich hab gestern das Abendessen verpasst...!

Hey...
... Das Frühstück ist fertig.
Wieso erschreckst du dich?
E-Es ist nichts...
Ich wollte gleich zu euch kommen.
Ungh... So ein Mist!
Ich hab das sehen müssen! Wieso darf er so frech sein, aber ich soll mich zurückhalten?!

... Wir haben zwar denselben Vater, aber unterschiedliche Mütter.
Hm?
Brüder...
... Das heißt...
„Früher hat Kaoru so manchen Quatsch gemacht."
...
HACH...
Ich will niemandem mehr glauben...
Hey!

Mutter...
Eine unerwartete Wendung...
Eine Woche ist vorbei, seit ich Hokkaido verlassen habe.
Ich hätte mich hier fast zu Hause gefühlt, aber dann...!
...die ich gerade erst kennen lerne, sind in Wirklichkeit ein Paar...?! ♥
Das gibt's doch nicht!!
Meine Brüder...
ぱしゃ
ぱしゃ
もん
Aah! Ich bin ganz durcheinander!
Ich habe keine Vorurteile gegen Schwule, aber...
もん
Brüder?! Das geht zu weit!

... konnte nichts anderes tun, als in mein Zimmer zu fliehen.

Ah...!
Ah...
Aah...!
Ich...

Ah...!

Was... soll das?!

BROTHER×BROTHER
area 2

... dass du irgendwem Aufmerksamkeit schenkst.
Das tue ich nicht.
Geh weg, bald kommt er zurück.
Wenn er dir egal ist...
... brauchst du doch keine Rücksicht auf ihn zu nehmen.
Hä...?

area 1 × ende

Puh...
... Ich hab's noch relativ früh geschafft.
Ich wurde zwar nicht genommen, aber...
... dafür darf ich für eine andere Rolle vorsprechen...!
Streng dich an!
GLÜCK GEHABT!
Hm...?
Ein Streit?
Was ist los?
...
Es ist selten...

Irgendwie...
Hm...
... waren sie gerade
wie richtige Brüder.

Ich werde persönlich...
... nachfragen!
Wie du ma
Soichiro...
... Abendessen gibt es um sieben Uhr.
Komm bis dahin nach Hause.

Klappe!
Ich bin nicht niedergeschlagen!
PIEP
Ich bin nur...!
Die Entscheidung steht. Melde dich bei mir im Büro.
Was denn dann?
Rufst du...
... nicht zurück?
DI LI LI LI
DI LI LI LI

Hä..
Ich hab mich schon gefragt, wo ihr bleibt.
Was macht ihr beiden da?
Wie-Wieso bist du denn hier?!
Hast du ein Problem damit?
Ich wollte Kaname abholen, weil ich Hunger habe.
Wie elend du guckst!
Ich wette, das Casting war ein Reinfall.
Ungh...
Du willst Schauspieler werden, richtig?
Hör lieber auf, wenn du so leicht zu entmutigen bist.

Ja, schon...
... aber du bist ihm ähnlicher als ich...
... Unserem alten Herrn...
Ah...!
Hey, warte doch!
Sag mal, was war er für ein Vater für dich?
Über ihn...
... weiß Masato mehr als ich.

Dass du hie bist..
... ist wohl Zufall.
Kaname-san...
... Dass du unserem Vater...
... ähnlich siehst, sagt man dir sicher oft, oder?
Vorhin...
... sah er aus wie Vater...
...
Vater...

Du siehst fürchterlich aus.
Nimm!
...
Was willst du?
Nichts.
h komme hier
mmer nach
em Einkaufen
vorbei.

Hey...

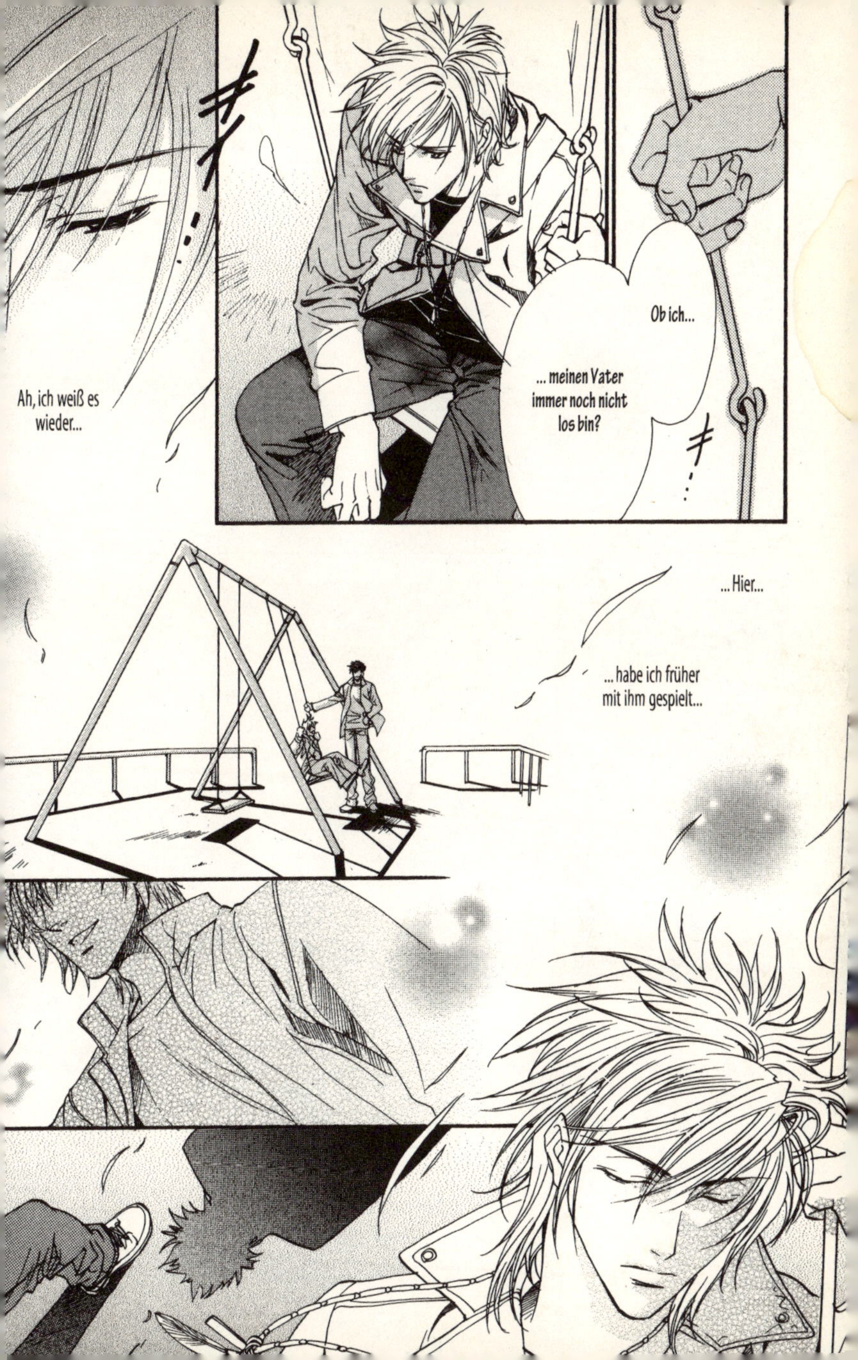

Ob ich...
... meinen Vater immer noch nicht los bin?
Ah, ich weiß es wieder...
... Hier...
... habe ich früher mit ihm gespielt...

ふいっ
Den...
... Park hier gibt es immer noch.

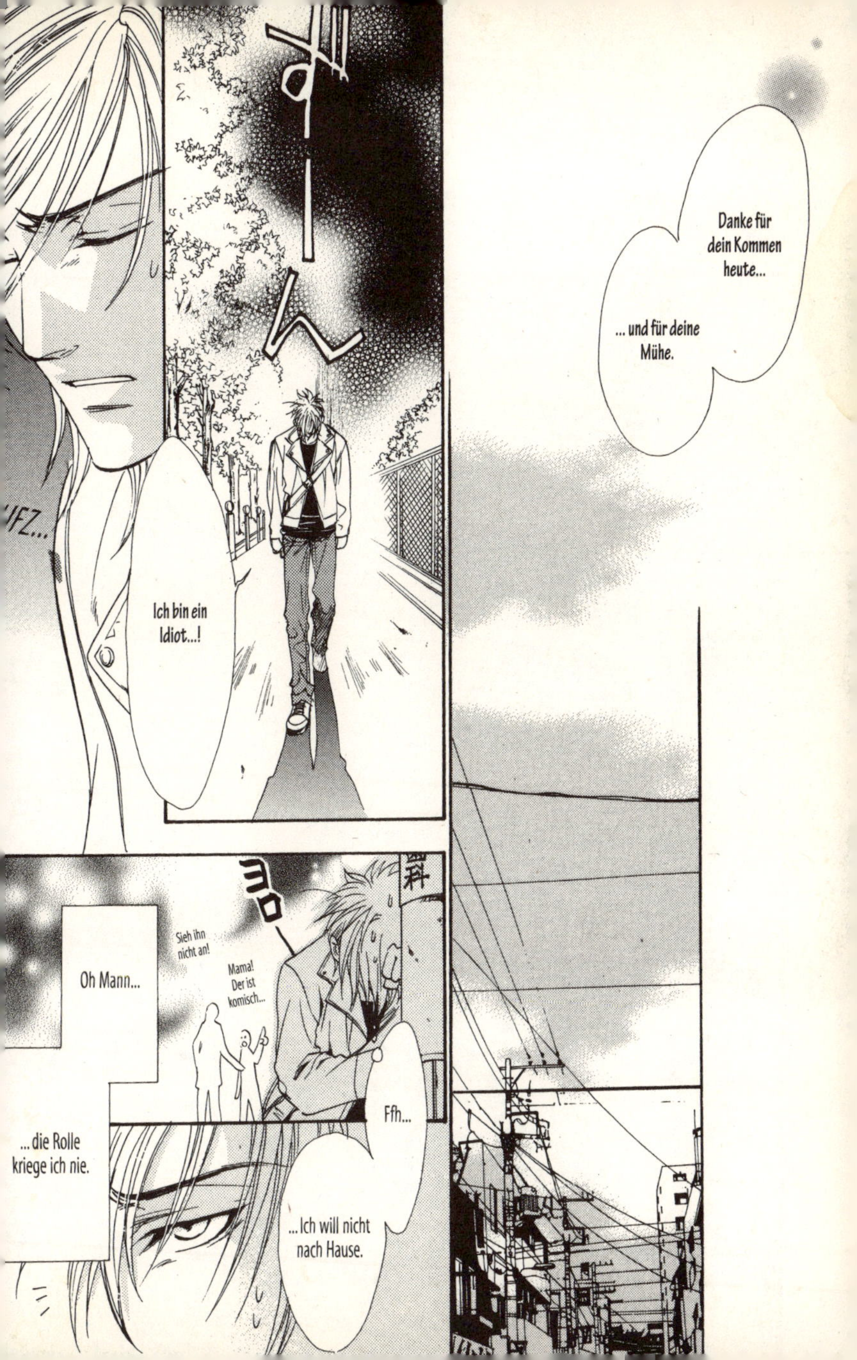

Danke für dein Kommen heute...
... und für deine Mühe.
Ich bin ein Idiot...!
Oh Mann...
Sieh ihn nicht an!
Mama! Der ist komisch...
Ffh...
... die Rolle kriege ich nie.
... Ich will nicht nach Hause.

Ach so...
... Der Sohn im Film betet seinen Vater aber an.
Ob du Sympathie für diese Rolle haben kannst?
...
Hm...
... Verstehe.

...immer nur an seinen Rücken...
...und daran, wie ich die Hand nach ihm ausstreckte.
Aber ich konnte ihn nie erreichen...
...was mich schrecklich geärgert hat.
Vielleicht habe ich...
...ihn gehasst...

Die Haupt-darstellerin Sakurako Nioka war außerdem meine erste Liebe...
クス
クス
... Na ja, darum mag ich das Stück so und ich wollte mitspielen, sollte es neu verfilmt werden!
Hm, du bist aufrichtig, das ist gut.
Wie du weißt, steht das Vater-Sohn-Verhältnis im Mittelpunkt dieses Werks, aber...
... was hältst du von deinem Vater?
Wenn ich das Wort „Vater" höre, erinnere ich mich...

Verdammt! In einem so wichtigen Moment denke ich an diese Kotzbrocken!
Äh... das Casting beginnt.
IE LEIDENSCHAFT
CHT UND SCHATTEN"
E FÜR DAS ERSTE CASTING
Also dann...
... erzähl mir mal ganz offen, weshalb du dich zu diesem Casting angemeldet hast.
Ja!
Ich mag die alte Verfilmung dieses Werks, seit ich klein war. Ich habe das Video zu Hause oft geschaut!

Also ehrlich!
Verspätung beim ersten Casting, das haben wir ger
Es tut mir leid...
カツ カツ
Hier! Der Text fürs Casting! Lern ihn auswendig!
Ich hol dich nachher ab.
Okay...
... Oh, meine Rolle ist „Sohn A“.
Stimmt, das ist ein Film über eine Familie...!
はっ
Ha, ha, ha! Du kannst uns auch „Edle Brüder“ nennen!
Putz erst mal, Aschenputtel!

Du bist spät!
Urgh...!
Mein Manager?!
Mist! So spät?!
Ja, ja...
Tut mir leid, Katsuragi-san! Nächstes Mal erzähle ich Ihnen alles!
Zum Film, wie...?
... Der Apfel fällt nicht weit vom Stamm.

はっ
Mein Vater ist für mich Geschichte.
Machen Sie sich darüber keine Gedanken!
Ich wollte sowieso nach Tokio nach meinem Oberschul-Abschluss in diesem Frühjahr.
Bei meiner Wohnungssuche kam mir diese Sache gerade recht.
Oh...
... Hast du hier etwas vor?
Ja...
... Ich möchte Schauspieler werden.
Eine Agentur hat mich schon unter Vertrag!
Heute habe ich mein erstes Casting und...
DI LI LI LI
DI LI LI

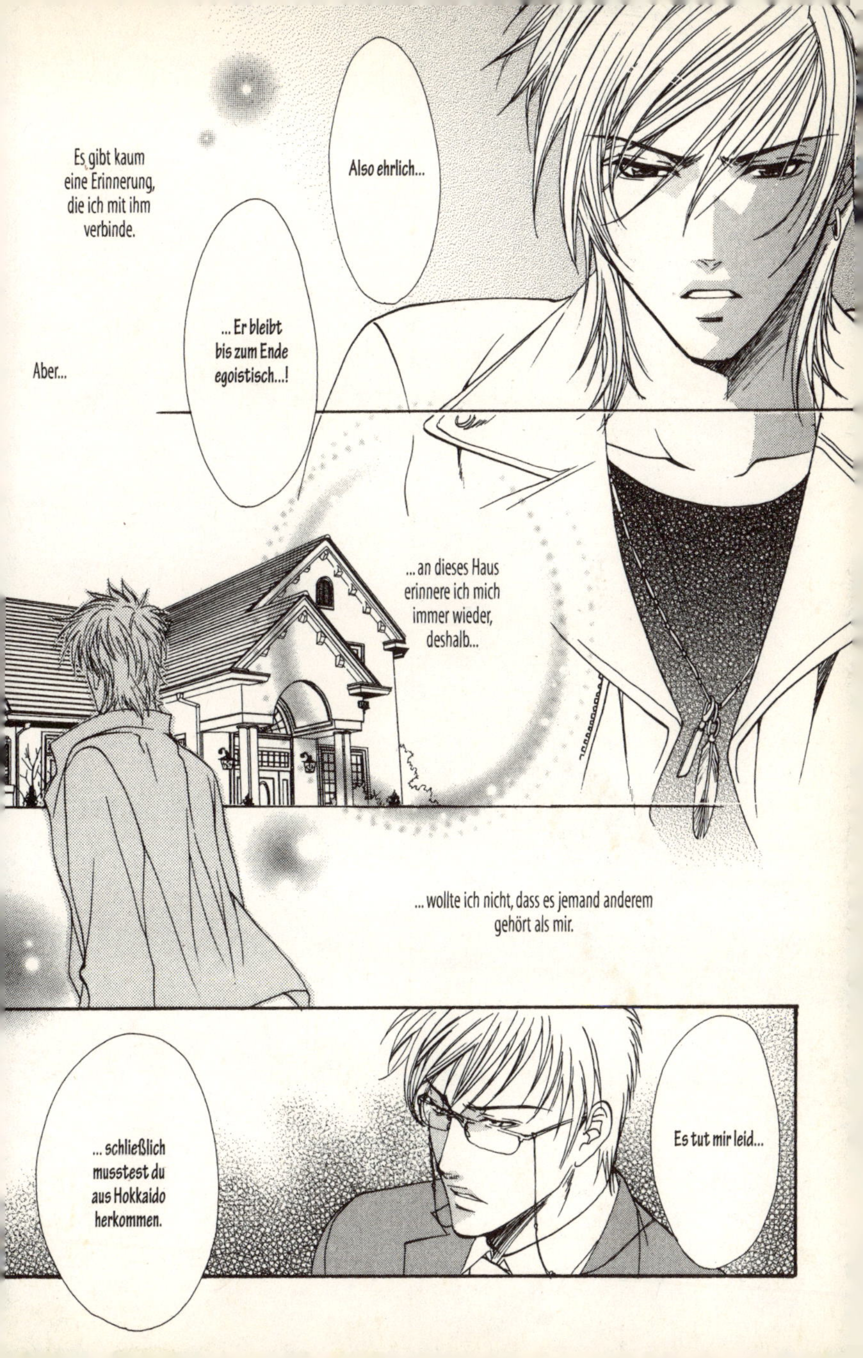
Also ehrlich...
... Er bleibt bis zum Ende egoistisch...!
Es gibt kaum eine Erinnerung, die ich mit ihm verbinde.
Aber...
... an dieses Haus erinnere ich mich immer wieder, deshalb...
... wollte ich nicht, dass es jemand anderem gehört als mir.
Es tut mir leid...
... schließlich musstest du aus Hokkaido herkommen.

Wie dem auch sei, es ist sein Wunsch.
„Der Letzte, der nach einem Monat noch im Haus ist, dem soll es gehören.“
Weil das so in seinem Testament steht, muss ich als sein Anwalt euch bitten, dies einzuhalten.
Ich weiß...
... Entweder fliegen zwei von uns raus oder verzichten auf ihr Erbe und gehen freiwillig, richtig?
Oh Mann...!
Was hat er sich dabei nur gedacht?
Soweit ich mich erinnere, war mein Vater immer nur beschäftigt.

Hahaha! Das tut mir leid.
„Du hast zwei große Brüder!", ♥ wurde mir plötzlich gesagt. Wie soll ich bitte damit umgehen?!
Ah, einen Kaffee für mich.
Ich bin zurückgekommen, weil ich dachte, das Haus sei unbewohnt, seit meine Mutter und ich damals auszogen, aber die beiden wohnten schon da…!
Du kannst nichts dafür. Auch sie sind die Kinder von Kaoru Shirakawa.
Sie haben natürlich das Recht, ihr Erbe anzutreten…
… genauso wie du.
…
Katsuragi-san…
… Sind die beiden wirklich Vaters Kinder?!
SKEPTISCH
Früher hat Kaoru so manchen Quatsch gemacht.

... bis sich m
Eltern vor
Jahren hal
scheiden la
(Loser)
Hat doch noch geputzt und Wäsche gewaschen
HACH...
Oh!
Soichiro-kun!
Sorry, dass ich dich herbemüht habe, du hast viel zu tun.
Ob ich...
... das alles schaffe?
Mutter, Tokio ist hart...
Entschuldige
die Verspät
Katsuragi-
Ach, ist nicht schlimm. Ich wollte nur wissen, wie es dir geht.
Aber...
... sei ehrlich, du hast es schwer, oder?
FFFH...
Und wie! Es ist mehr als schwer.
Fortjagen oder fortgejagt werden, jeden Tag kämpfe ich um meinen Platz zu Hause.

Besser gesagt, das war mein Haus...

... Du bist immer noch hier?
Äh... Sojiro, richtig?
ÄLTESTER BRUDER – MASATO SHIRAKAWA
„Soichiro"!!
IGNORIER
Merk dir doch endlich meinen Namen!
Ich kam gestern echt spät von der Arbeit zurück...
... Danach hatte ich noch was zu erledigen und ging schlafen, ohne aufzuräumen.
Kaname, Essen!
...
Die Zutaten reichen gerade noch für ein Risotto, Masato.
Ist gut.
Hört mir doch endlich mal zu!!
Ich wollte auch nicht, dass wir zusammenwohnen! Aber das ist die Bedingung und mir bleibt keine andere Wahl...!

Siehst du doch.
Putz das Wohnzimmer und wasche die Wäsche!
ZWEITÄLTESTER BRUDER – KANAME SHIRAKAWA
Los, an die Arbeit!
Hä?! Seit wann muss ich das alles alleine machen?!
Ich hab doch gesagt, dass ich heute ein wichtiges Casting habe!
Es ist noch chaotischer hier als gestern und...
Hey!
Wasch dir das Gesicht, bevor du in die Küche kommst!
Sonst wird sie dreckig!
Ngh...!
Oh...
IM GEHEN VER-STEINERT

BROTHER×BROTHER

area 1

BROTHER × BROTHER
area 1

Vor einer Woche habe ich erfahren, dass mein Vater verstorben ist.

Und dass ich sogar zwei ältere Brüder habe.